capa e projeto gráfico **Frede Tizzot**

revisão **Clóvis Duarte**

encadernação **Lab. Gráfico Arte & Letra**

© Editora Arte e Letra, 2021
La Muette © Editions Flammarion, Paris, 2008

D 623
Djavann, Chahdortt
A muda / Chahdortt Djavann; tradução de Liliane Mendonça. –
Curitiba : Arte & Letra, 2021.

92 p.
ISBN 978-65-87603-17-9

1. Literatura iraniana   I. Mendonça, Liliane   II. Título

CDD 891.5

Índice para catálogo sistemático:
1. Ficção : Literatura iraniana   891.5
Catalogação na Fonte
Bibliotecária responsável: Ana Lúcia Merege - CRB-7 4667

Arte & Letra

Curitiba - PR - Brasil
Fone: (41) 3223-5302
www.arteeletra.com.br - contato@arteeletra.com.br

Chahdortt Djavann

A muda

tradução Liliane Mendonça

exemplar nº 241

Curitiba
2021

No mês de setembro recebi em minha casa uma carta vinda do Irã. Eu não conhecia ninguém naquele país e achei que fosse um engano, mas realmente era o meu nome que constava no envelope. No verso estava escrito um endereço com letras persas. A cor da tinta, ainda que azul, era diferente nos dois lados do envelope. Cada endereço havia sido escrito por uma pessoa e uma caneta diferentes. Hoje me parece importante publicar tal carta no começo desta narrativa.

Cara senhora,

Sou repórter correspondente no Irã. Enviei pela mala diplomática um pacote que a senhora deverá receber em uns dez dias. Ele contém dois manuscritos: o primeiro, o original em persa, e o segundo, sua tradução. A narrativa relata uma história real escrita por uma jovem prisioneira de quinze anos. Um acaso milagroso quis que esse texto me caísse nas mãos. Trabalhei na tradução dele com um escritor iraniano especialista em literatura ocidental, que deseja, por razões de segurança, ficar no anonimato. No final da história tomei a liberdade de acrescentar algumas linhas para precisar em quais circunstâncias essa narrativa chegou ao meu poder. Achei que a senhora se interessaria em publicá-lo. Espero não ter me enganado.

Com meus mais sinceros sentimentos.

C.J.

A leitura dessa carta me intrigou. Duas semanas mais tarde recebi o pacote. Com efeito, ele continha um texto impresso e um caderno inteiramente cheio de uma caligrafia torta, pequena e apertada. Não tinha margem, nem intervalos ou setas, apenas poucas rasuras. As páginas escurecidas de palavras estrangeiras que me escapavam completamente me invadiram de uma rara opressão. A escrita era ainda mais apertada e pequena nas últimas páginas; o autor, certamente, não tinha outro caderno, pensei.

Li a versão francesa de uma só vez. Depois peguei de novo o caderno. Eu o folheei página por página, lamentando não poder entendê-las. Com a garganta e o coração apertados, tinha a impressão de já compreender um pouco da versão persa, pelo menos a determinação de seu autor e o sofrimento que exprimia essa escrita tão longínqua. Eu nunca teria acreditado que tal história fosse verdadeira se não tivesse o caderno em mãos. Nenhuma hesitação: eu o publicaria.

Eu tenho quinze anos e me chamo Fatemeh, mas não gosto do meu nome. Em nosso bairro todos tinham um apelido, o meu era "a sobrinha da muda". A muda era minha tia paterna. Serei enforcada em breve; minha mãe me deu o nome de Fatemeh porque nasci no dia do aniversário de Maomé, e como eu era menina ela me deu o nome da filha do Profeta. Ela não imaginou que um dia eu seria enforcada. Nem eu! Implorei ao jovem guarda da prisão para me trazer um caderno e uma caneta, ele teve pena de mim e atendeu ao último pedido de uma condenada. Não sei por onde começar. Li muitas vezes o pequeno dicionário esquecido em uma reentrância na parede do quarto onde vivi por mais de um ano. Eu adorava aprender o que as palavras significavam; mas não me lembro de todas as palavras e seus sentidos. Nunca escrevi nada, fora alguns poemas, uns vinte, mas ninguém jamais os leu. Eu era muito boa na escola, mas tive que sair aos treze anos; teria gostado de continuar e ir à universidade. Ninguém da minha família, nem mesmo do meu bairro, jamais colocou os pés em uma universidade. Onde cresci, só havia a miséria e a droga, nenhum destino escapava da desgraça. Naquele lugar a pobreza esmaga homens e mulheres, os faz miseráveis, maus e feios: miséria demais faz com que as pessoas percam até a capacidade de sonhar. Meu tio, irmão da minha mãe, era engraçado, drogado e lindo, ele tinha vinte e dois anos e ainda sonhava. Um pouco demais, talvez. A muda também era bonita, tinha grandes olhos brilhantes e um rosto sereno para uma muda. Eu não sou bonita, mas também não sou feia; agora, nesta cela, devo estar. Os três primeiros dias de interrogatório foram os mais lentos de todos os tempos, setenta e duas horas sem dormir apanhando de cassetete. Dor indescritível. Estou com vários dentes quebrados, o rosto inchado, costelas quebradas e, quando respiro, meu corpo todo dói. Só agora me dou conta de que vou ser enforcada; esperar dia e noite a morte nesta cela estreita e completamente vazia está acima das minhas forças. Pensar na muda, imaginá-la ao meu lado, me ajuda a não ficar louca, a suportar a dor e o medo. Escrevo para que alguém se lembre da muda e de mim, porque morrer assim, sem nada, me assustava. Talvez um dia alguém leia esse caderno. Talvez um dia alguém me compreenda. Não peço para ser aprovada, apenas compreendida.

Provavelmente o guarda está estarrecido pela cara que eu devo estar, mas também por meus gemidos. A dor é insuportável às vezes. Hoje ele me passou um lencinho de papel; no começo achei que era para assoar meu nariz. Achei-o muito atencioso e agradeci; mas percebi que era meio lenço amarrotado e um pouco escuro. Senti algo no meio, minúsculo. Era um pedacinho de ópio. Coloquei-o na boca rapidamente. Ele não parece ser daqui, deve vir de uma cidade grande para ser tão atrevido. Sinto-me estranha como nunca me senti antes.

Durante o interrogatório eu não disse uma palavra, recebi os golpes sem gritos, me fiz de muda também. Nesses três dias entendi o silêncio obstinado no qual minha tia tinha se refugiado. Sua absoluta forma de se fechar no silêncio impunha respeito aos outros e, às vezes, os assustava; calar-se talvez significasse não trair a verdade. As pessoas passaram a chamá-la "a muda". Ela o era realmente? Ninguém sabia, pois não tinha sido sempre; até seus dez anos ainda falava. Mais tarde, embora muda, ela fazia seu silêncio falar com perfeição. A alegria, a tristeza, o ódio, o amor, a ternura, a cólera, a indignação, a esperança e o desespero se expressavam em seu olhar, em cada traço do seu rosto, no seu modo de se levantar e sair ou então de ficar, escutar e acariciar a gente só com o olhar. Mesmo os mais ignorantes dos analfabetos podiam ler em seu rosto o que ela dizia sem palavras. Sinto muita falta da minha tia muda. Ela tinha se calado, mas não fechado seu coração. Fez do silêncio uma arte para viver melhor. Quanto a mim, tendo chegado a esse ponto, tenho o dever e a necessidade de contar sua história.

Ela não era surda, ouvia, compreendia tudo o que a gente dizia; não era louca, mesmo que o seu comportamento surpreendesse muitas vezes. Não era indiferente, mesmo tendo rompido para sempre com a palavra. Sabia, apesar do seu mutismo, agarrar os raros momentos de beleza na vida. Estava sempre lá, atenta. Menstruei no primeiro dia de interrogatório, antes do tempo, certamente devido ao choque da violência que eu sofria. Quando um dos torturadores percebeu, gritou: "essa puta mija sangue, vou te mostrar o que é mijar sangue." Ele me espancou, achei que ia me estripar com suas botas, esmagar minha barriga doente. Era como se minha menstruação o tivesse desafiado. Eu sempre soube que as regras só me trariam desgosto. Estava com doze anos, um pouco mais, voltava da escola; no caminho, em pleno meio da rua, senti certo desconforto, uma espécie de dor na barriga; minha calcinha estava molhada e o interior de minhas coxas úmido. Apressei o passo e assim que entrei em casa corri para o banheiro. O sangue pingava entre minhas pernas. Eu já tinha ouvido falar que as mulheres sangravam periodicamente, mas uma coisa era falar entre colegas de escola e outra muito diferente era sentir na pele. Entrei em pânico, não saberia dizer exatamente por que, mas me sentia impura e culpada. Dizer adeus à infância, pelo menos ao que restava dela e tornar-se irremediavelmente mulher não era exatamente um presente em nosso meio. Fiquei um bom tempo no banheiro, a água fria era muito desagradável. Tive que sair, pois meu irmãozinho batia na porta. Eu estava em pé, minha mãe lavava roupas. Vê-la esfregar o colarinho da camisa do meu pai me fazia sentir ainda mais culpada de ter uma calcinha cheia de sangue. Eu não ousava falar com ela. No entanto, ela nunca tinha sido violenta e nunca me bateu, mas sempre me senti distante dela. Eu não queria ser parecida com ela em nada, nunca. Não queria que ela visse em mim uma de suas semelhantes, uma dessas mulheres do nosso bairro. Eu acreditava ter outro destino. Pode ser que não estivesse pensando em tudo isso naquele momento, mas sentia a angústia de ser mulher. Fiquei parada diante da porta do banheiro, com as coxas apertadas. A muda se levantou e veio na minha direção, me entregou o absorvente higiênico que tinha na mão, eu o peguei e nos olhamos nos olhos, os meus repletos de gratidão e os dela de uma mistura de ternura e compreensão. Ela pôs a mão no meu rosto. O breve contato de sua mão me transmitiu uma força e uma serenidade que fizeram sumir minha aflição.

Hoje eu menstruo e já faz muito tempo que a muda não está aqui. Todos os tipos de imagens surgem na minha cabeça e me afundam na confusão, mas devo continuar. Deus do céu dê-me forças para contar essa história até o fim sem incoerência.

Perguntei ao guarda se ele tinha um dos seus pedaços de lenço. Disse que me traria à tarde. Ele tem lindos olhos surpreendentes, cor de mel.

Meu pai não era nem drogado nem violento, era um homem pobre que passava necessidades. Tinha a rudeza dos operários, mas sabia ser terno, raramente e do seu jeito. Ele disse uma vez que, em certos aspectos, eu era parecida com a muda, pois tinha seu temperamento ruim e que ela também era, como eu, muito boa na escola. Eu sabia que ele havia tomado conta da irmã após a morte da mãe deles, desde que tinha catorze anos de idade, trabalhando na construção civil. Interroguei-o muitas vezes a propósito de sua irmã, mas ele sempre se esquivou. No vigésimo aniversário da morte de minha avó, fomos, como todos os anos, ao cemitério. A muda tinha ficado em casa, ela nunca saía, nem para ir ao túmulo da mãe. Na volta, meu pai foi sentar-se no pequeno pátio, atrás do único quarto no qual vivíamos. A cada primavera, minha mãe tentava desesperadamente plantar ervas, mas nunca vingavam. Meu pai lhe dizia: "você não tem mão boa", e isso a ofendia. Eu olhava para meu pai que fumava, pensativo; sentei ao seu lado, ele deu uma baforada do seu cigarro como alguém que suspira; perguntei para ele por que a muda tinha ficado muda; nesse dia ele me contou que seu pai era um homem drogado, como a maioria dos homens do bairro. Sempre batia neles e podia ser muito violento quando estava em abstinência. Exatamente há vinte anos ele chegou tarde em casa e começou a gritar; meu pai, adolescente na época, se levantou e saiu para não ter que suportar seus insultos. Quando voltou de manhãzinha, encontrou a mãe agonizante e a irmã quase paralisada, num canto. Na delegacia seu pai negou ter batido nelas. O policial interrogou sua irmã, que tinha dez anos, ela olhou para o pai, mas não abriu a boca. Sua mãe morreu de uma hemorragia interna. Após três meses de prisão, meu avô foi libertado, mas seis meses depois morreu de overdose. Meu pai ficou responsável por sua irmã e chegou a levá-la duas vezes a médicos especialistas que diagnosticaram que ela estava traumatizada. Recusou-se a testemunhar contra o próprio pai e desde então nunca mais falou. Meu pai esperava sua cura; as semanas, depois os meses e os anos se passaram; minha tia não reencontrou a palavra. Ele tentou fazê-la aprender a linguagem de sinais, mas ela não cedeu. Determinada, permanecia em silêncio. Meu pai se sentia culpado. Ele me disse que se não tivesse deixado a mãe e a irmã sozinhas nada disso teria acontecido; ele podia ter-se colocado entre eles e impedido o pai de bater na mãe. O que me impressionou ainda mais do que a história naquele dia, foi o tom distante de meu pai. Nenhuma emoção na voz. Ele falava como se, em suma, a violência fosse apenas uma banalidade ordinária, quinhão diário daqueles que nascem e morrem na miséria. Minha mãe repetia sempre um ditado que me irritava, na época, "ninguém pode lutar contra seu destino e cada um tem a sorte que lhe cabe. A vida é assim".

Naquela noite, lembro-me bem que a lua estava cheia, eu não conseguia dormir. Sobre a cortina de desenhos retangulares que minha mãe havia suspendido no meio do quarto para dividi-lo em dois, eu via a cena que minha tia teve que assistir aos dez anos, o assassinato que havia roubado sua voz para sempre.

A muda estava deitada do meu lado, de olhos abertos também. As imagens que eu via sobre a cortina desapareceram subitamente com a respiração arquejante do meu pai e os gritos de prazer que minha mãe tentava sufocar. A muda e eu escutávamos o duo dos meus pais do outro lado da cortina.

Ele me deu a ração de ópio, o jovem carcereiro, meu anjo da guarda.

— De qual cidade você vem?

— Eu não posso falar com você.

— E de me dar isso, você pode? Falei, pegando o lenço amarrotado.

A muda não fazia nada igual aos outros, não era parecida com ninguém. As pessoas achavam que era louca porque tinha atitudes livres e contraditórias. Ela ignorava completamente as proibições. Só muito mais tarde entendi por que ela era tão diferente. Estava sempre sem véu, até quando abria a porta de casa, apesar de nenhuma mulher, em nosso meio, mesmo que fosse louca, muda, cega, careca ou não, jamais aparecer no limiar da porta sem véu, de medo que algum passante a visse. Em nosso bairro só se via homens, as mulheres nunca saíam e mesmo dentro de casa todas usavam um lenço sobre a cabeça, como minha mãe. Sempre usando longos vestidos coloridos, sempre descalça e sempre com duas longas tranças caindo sobre os seios, a muda tinha ao mesmo tempo a liberdade de um homem e a minúcia de uma mulher; às vezes ela ficava longos minutos passando esmalte nas nossas unhas dos pés ou ainda maquilando os olhos diante do espelho. Ela fumava, colocava um cigarro no canto da boca, prendia entre os dentes enquanto lavava louça ou roupa; ela o tragava com força como os jogadores de pôquer dos filmes americanos. Eu adorava observá-la. Era fascinada por ela. Depois do que passou aos dez anos, ela não tinha medo de mais nada, vivia do seu modo; às vezes era de uma tristeza sombria e profunda, como as águas dos abismos mais fundos do mar; então se retirava e ninguém podia aproximar-se; às vezes era alegre, parecia uma menina que não sabia nada da vida, e derramava sobre nós sua alegria. O fato de que era muda lhe dava uma liberdade que certamente não poderia ter se sempre tivesse falado. Ser muda significava não ser como os outros, seu mutismo despertava desconfiança; ela era escandalosamente diferente e por isso tinha um talento especial para fazer inimigos. Era a maldita, a mulher má, a selvagem. Os mexericos do bairro diziam que escondíamos uma diaba em nossa casa, uma feiticeira, que lançava sortilégios sobre todos que estavam à sua volta.

Eu estava entre as raras meninas do bairro a ir à escola. Muitas famílias não tinham meios de escolarizar suas crianças. A escola mais próxima era muito longe de nossa casa e minha mãe se preocupava que eu fosse obrigada a atravessar as ruas onde fervilhavam traficantes de todos os tipos, mas meu pai insistiu para que eu continuasse frequentando a escola. A muda também. Nós morávamos em uma rua erma, em um bairro miserável, mas para quem era pobre, minha irmã, meu irmão e eu estávamos sempre muito bem vestidos, o que provocava ressentimento e inveja em nossos vizinhos. A muda era uma excelente costureira, mas criativa demais. Meu pai era motorista de caminhão, dirigia para uma associação de transporte, mas raramente tinha trabalho, pois não tinha seu próprio caminhão. Sempre transportava tecidos ou roupas, que às vezes trazia para casa. A muda descosturava as roupas de adulto e costurava maravilhas para nós. Uma vez, ela fez para mim um vestido vermelho que eu amava, mas minha mãe não me deixava usar fora de casa, dizia que era muito chamativo; eu morria de vontade de mostrá-lo. A aparência limpa e elegante que nós tínhamos, graças ao talento da muda, me dava um sentimento de superioridade e de orgulho. Embora sem dinheiro, nunca me senti pobre; e embora realmente pobre, quando criança, eu era feliz. Eu amava meu pai, adorava a muda, e tinha pena de minha mãe. Ser amada pela muda, que era diferente de todas as outras mulheres, me dava o sentimento de também ser diferente de todas as outras crianças. Eu me sentia eleita, única. Minha mãe não gostava da muda, mas a tolerava, não tinha escolha; ela tinha ciúmes da afeição entre meu pai e sua irmã; mas também, talvez, de meu apego à minha tia.

Hoje o guarda me deu uma bala junto com a ração de ópio. Sabor de menta. Eu a deixei sob a língua sem chupar para o prazer durar o máximo possível. Uma bala em uma cela escura faz lembrar a vida.

Em um dia muito frio, era dezembro, meu tio voltou do serviço militar. Nós não o esperávamos. Ele chegou durante a tarde, eu varria o quarto, já que cuidava sozinha de toda a casa havia alguns meses. A muda estava pregada ao chão, só levantava para ir ao banheiro. Tinha se retirado da vida. Meus pais, principalmente meu pai, se preocupavam muito com ela. Vê-la ficar o dia inteiro no seu canto nos aterrorizava.

Um dia, na hora do almoço, levei seu prato; ela me olhou direto nos olhos, como se suplicasse; não pude sustentar seu olhar sombrio que cortou meu coração; pousei o prato e baixei os olhos; seu olhar exprimia uma mistura de pavor e tristeza, algo que não estava longe da loucura. Foi a primeira e única vez que eu tive medo dela, medo de ficar sozinha com ela.

Tudo havia começado numa noite de inverno, nevava muito. Eu acordei com frio, e puxei as cobertas até a cabeça me aproximando da muda para me aquecer com o contato de seu corpo, mas seu lugar estava vazio e frio. Abri os olhos, ela não estava ali e a porta envidraçada do quintal estava aberta. Levantei para fechá-la e percebi no escuro um corpo deitado sobre a neve. Tive medo, depois percebi que era ela. Coloquei os sapatos e saí, batendo o queixo de frio. Suas pernas estavam nuas, tentei levantá-la, puxei seu braço, mas ela resistia. Escorreguei e caí no chão. Achei que ela estava brincando. "Mas você vai morrer de frio", eu disse. Com a mão, ela metia bolas de neve entre suas coxas, parecia embriagada, embriagada de amor, de loucura. Durante alguns segundos olhei seus dedos que freneticamente enfiavam neve em seu sexo. Essa imagem me assustou. Tentei levantá-la mais uma vez, ela me repeliu com força, caí de novo; meus pais tinham despertado, estavam no limiar da porta nos olhando com torpor e reprovação. A muda continuava a encher a genitália de neve, mas felizmente virou as costas para os meus pais e na escuridão eles não podiam ver o que ela fazia. Precipitei-me sobre ela para esconder os movimentos de suas mãos. Meu pai a fez entrar, ela parecia longe e se deixou levar. Minha mãe não parava de evocar a Deus, o que nos irritava, meu pai e eu. Ela tirou o vestido molhado da muda que tremia, eu também tremia. Era a primeira vez que a via assim, nua, o bico dos seios endurecidos; o erotismo, a sexualidade e o desejo exalavam do seu corpo com tanta violência que minha mãe e eu estávamos constrangidas. Minha mãe a vestia com pressa.

Já naquela noite, quando estava de novo deitada ao meu lado, eu sentia que ela não era mais a mesma. No dia seguinte ficou doente, ardia em febre. As dores lancinantes no ventre a dobravam ao meio. Meu pai achava que ela ia morrer. Sua febre persistiu durante algumas semanas. Uma noite, ela estava muito agitada, pousei a mão sobre sua testa, estava ardendo, ela pegou minha mão, e eu me alonguei ao lado dela. Na manhã seguinte, quando acordei, ainda segurava minha mão.

Após sua doença, a muda se transformou; parecia que uma metamorfose tinha acontecido, ela não ouvia mais o que a gente falava, era como se não compreendesse. Não penteava mais meus cabelos, não cozinhava, não cuidava de mais nada, nem costurava mais, não se mexia mais, não nos via mais. Passava os dias sentada num canto do quarto no mesmo tapete e, quando estava cansada, deitava-se ali mesmo. Os remédios que o médico receitou a faziam dormir muito, mas às vezes, em plena noite, ela se sentava e fixava a parede do quintal através da janela. Eu ficava à espreita, esperava um gesto, um sinal de sua parte, mas ela se afastava a cada dia um pouco mais, seu olhar estava vazio, seu silêncio, opressivo. O tempo se eternizava ao redor dela, uma aura de mistério, de morte, emanava dela, eu percebia isso de forma palpável. Sentia que o peso do seu silêncio, acumulado por anos, a esmagava, a arrastava para a loucura. Eu a observava e seguia seu olhar, mas ele não se fixava em nada e parecia distante. Eu estudava seu rosto durante vários minutos e acreditava sentir sua solidão, vislumbrar a profundidade do abismo no qual ela se enfiava, poço vazio, escuro e insondável. Ela não parecia mais estar entre nós, eu chorava e pedia a Deus para devolver a muda à vida. E não foi Deus, mas meu tio que trouxe a muda de volta para nós, foi o amor que trouxe a muda de volta à vida, seu amor por meu tio.

— Me falaram que você vai ser enforcada, disse o guarda me passando o almoço e o pedaço de lenço.

— Eu sei.

— Você não está com medo?

— Não sei.

Ele deve ter em torno de vinte anos; com quinze anos eu sou tão velha quanto a eternidade. Quantos dias e noites ainda, antes do enforcamento? Não sei... Pouco importa, vou continuar e espero ter bastante tempo para terminar essa história. Logo não serei mais desse mundo, não sei como é a morte; por momentos fico no limite das minhas forças, mas adoraria que a história que conto neste caderno pudesse sobreviver a mim. Escrever me faz sentir viva, enquanto a morte me espera atrás da porta desta cela.

Meu tio morava no fim da rua, com meu avô que estava muito doente. Ele ridicularizava tudo, fumava muito haxixe e tinha um verdadeiro físico de ator. Era muito bonito. Passava em nossa casa quase sempre antes de voltar para a casa dele. Uma noite, ele nos contava uma anedota engraçada sobre um de seus colegas militares imitando seu sotaque azerbaijano, a muda estava sentada em seu canto habitual, parecia que estava escutando e eu vi se desenhar um sorriso em seu rosto que desde sua doença tinha ficado impassível. Ela ouvia meu tio, entretanto fazia meses que não nos ouvia mais. Uma luz brilhava em seus olhos.

No dia seguinte a muda se levantou, se banhou, se trocou. A cada noite, a breve passagem de meu tio, sua voz e sua presença reanimavam a vida em seu coração. Desde o início da tarde ela começava a caminhar pelo quarto ou pelo pátio, impaciente, seu rosto se tornava tão expressivo que parecia que ela ia falar, dizer alguma coisa. Quando a campainha soava, a muda se acalmava, sentava-se e durante todo o tempo que meu tio ficava em nossa casa, o tempo de uma xícara de chá e de contar algumas piadas, ela não se mexia, ouvia atentamente. Uma noite, bem depois de sua partida, tarde da noite enquanto dormíamos, a campainha soou. A muda abriu a porta, era meu tio de novo, minha mãe se precipitou para seu irmão, ele lhe disse que seu pai tinha acabado de morrer. Isso não era em si uma má notícia, pois meu avô era inválido, uma carga pesada para nós, sobretudo para minha mãe e meu tio que cuidavam dele; era até, em certo sentido, um alívio. O choro de minha mãe, que desabou no chão, me surpreendeu; meu tio também estava embaraçado pela atitude exagerada dela, ainda mais porque não havia nem lágrimas nem tristeza no rosto dele. Sua calma era desconcertante. Ele tinha visto muitos jovens mortos na guerra para perder o sangue frio com a morte de um velho inválido, mesmo sendo seu pai. Quanto a meu pai, para mim um pouco entristecido, dizia meio desajeitado, para consolar minha mãe: "não foi nada". Havia algo de cômico na ingenuidade do meu pai que me fez rir. Refugiei-me no quintal para que minha mãe não visse.

No dia seguinte, meu avô foi enterrado na parte mais barata do cemitério; mesmo sob a terra, havia uma hierarquia na classe da pobreza. Toda sexta-feira minha mãe ia visitar o túmulo de seu pai, um simples montículo de terra. Ela queria ter comprado uma lápide de pedra, mas custava muito caro. Sempre me levava junto, isso me aborrecia, pois eu não gostava de ir ao cemitério. Meu tio nos acompanhava apenas para agradar sua irmã mais velha. Ela levava várias garrafas de água para regar a tumba do meu avô; uma vez meu tio lhe disse: "não quero te desanimar, mas teu pai não vai brotar." Minha mãe começou o maior choro censurando seu irmão: "você não tem vergonha de fazer piada sobre o túmulo ainda fresco do teu pai?" Ela dizia que um pouco d'água acalmaria os mortos. Meu tio e eu segurávamos o riso. Minha mãe era crente e praticante; era também muito estúpida, e me faz mal dizer isso tanto quanto me fazia mal tê-la como mãe, sua estupidez nos custou muito caro.

Depois da morte do meu avô, meu tio vinha muito mais amiúde à nossa casa, ele almoçava e jantava conosco. A muda ficava cada vez melhor, recuperou a saúde, nunca tinha estado tão viva assim, as pupilas de seus olhos brilhavam como dois raios de sol. Ela começou a plantar ervas e flores no quintal; cuidava das plantas todos os dias, as regava, arrancava as ervas daninhas... minha mãe lhe dizia: eu tentei muitas vezes, não nasce nada, deve ter algum problema com a terra. Mas naquele ano nasceram. Rabanetes, manjericão, rosas. Minha mãe ficou com ciúmes.

Uma noite meu tio chegou apressado, deixou sua roupa suja, e saiu de novo a toda velocidade. Imediatamente após sua partida, a muda se retirou discretamente; como ela estava demorando a voltar, saí para o pátio. Ela estava num canto, de frente para a parede, como se quisesse se esconder. Eu me aproximei para ver o que ela fazia na penumbra. Tinha colocado a camisa do meu tio sobre o rosto e aspirava seu odor. Na hora achei que aquilo era uma brincadeira, mas assim mesmo estava com medo que meus pais a vissem.

Tudo é silêncio dentro dessa cela e eu só escuto os batimentos do meu próprio coração, os demônios do passado se lançam sobre mim, tenho medo, não consigo respirar, não quero morrer com esse ódio que me atravessa e me arrasa, não quero ser enforcada com este sofrimento secreto que tenho que suportar. Não quero levá-lo comigo para o túmulo, quero morrer em paz, livre, preciso esgotar meu sofrimento nesta cela, preciso registrar meu ódio nesse caderno.

Sempre que lembro da minha infância, encontro a imagem da muda. Ela penteava meus cabelos demoradamente, depois tramava duas longas tranças, como as dela. Fazia-me recitar os deveres, depois aplaudia e me abraçava, às vezes tão forte que eu não sabia mais onde meu corpo terminava e começava o dela. Havia entre nós um amor fundível, através de mim ela via a menina que tinha sido um dia. Ela, sua vida, seu modo de viver no silêncio, tinham deixado marcas em mim; sua existência e sua história estavam misturadas ao meu destino, mas eu ainda não sabia tudo isso na época; deixava que penteasse meus cabelos por vários minutos e adorava isso. Em suas mãos eu me sentia protegida, nós éramos cúmplices por uma espécie de alquimia sem palavras. Foi ela que me criou, pois, minha mãe, operária, saía de manhã e voltava à noite, morta. Quando estávamos sozinhas ela me pedia para ler em voz alta os contos de "As Mil e uma noites" que meu pai lhe havia dado de presente. Eu adorava representar Sherazade.

Apesar da febre, as imagens são de uma precisão impecável na minha cabeça. Lembro muito bem da primeira vez em que suspeitei a propósito da muda e meu tio. Cheguei da escola; tinha cruzado com meu tio na rua; a muda estava sozinha em casa com meus irmãos, seu aspecto era particularmente bom. O cheiro das tortas de batata que ela havia feito para o almoço me dava uma fome de lobo. Corri para pôr a mesa. Meu irmãozinho e minha irmãzinha também estavam famintos e impacientes. Esperávamos ela trazer as tortas e nos servir, mas ela nos fazia esperar. Entrei na cozinha e lhe disse num tom de censura: mas o que você está esperando? Ela me pegou pelo ombro e me fez sair da cozinha. Era a primeira vez que se mostrava agressiva comigo. Fiquei amuada num canto; eu tinha entendido que algo estava errado. Depois de uma longa espera meu tio chegou e a muda trouxe enfim as tortas de batata. Ela não comia nada, mas devorava meu tio com os olhos e estava com as bochechas coradas. Ela estava apaixonada com toda a força de um coração puro e virgem de vinte e nove anos. Uma poderosa emoção emanava dela. A muda mostrava demais sua paixão, para uma mulher; seu olhar exprimia um desejo desenfreado, ele grudava-se ao meu tio que com seus vinte e um anos não entendia nada das mulheres. Ele engolia os pedaços de torta e continuava totalmente indiferente a seu respeito, talvez porque ela era muda e tinha oito anos a mais que ele.

A partir desse dia, ao sair da escola, antes de voltar para casa, eu olhava procurando meu tio pela rua onde geralmente se aglutinavam os bandos de jovens desocupados do bairro; se o visse, eu dizia: "vamos, vem, vamos almoçar."

— O que você escreve nesse caderno?

— É uma longa história.

Hoje eu tive direito a outra bala. Viático do meu guarda.

Nós não pudemos pagar o funeral do meu avô. As pessoas do bairro diziam que nós o tínhamos enterrado como um desonrado; para fazer calar as fofocas e ter um pouco de respeito, minha mãe pediu ao mulá, líder religioso da mesquita, para vir todas as sextas-feiras de manhã à nossa casa fazer a prece dos mortos. Meu pai e meu tio não tinham gostado da ideia de ter um mulá dentro de casa e diziam que isso traria desgraças, mas minha mãe protestou disparando que ela o pagaria com seu salário e que se tratava da reputação de seu pai defunto. Então, todas as sextas-feiras de manhã, às dez horas, o mulá tocava a campainha; ele ficava dez minutos, o tempo de cantar alguns versos corânicos em árabe e de tomar uma xícara de chá antes de embolsar seu dinheiro. Minha mãe me encarregou de vigiar a muda durante os dez minutos da oração, para que ela não aparecesse com a cabeça descoberta diante do mulá. Nós esperávamos que ele fosse embora, no quintal ou no outro lado do cômodo, atrás da cortina. Uma manhã eu trocava minha irmãzinha de dois anos, ela escapou e correu com a bunda de fora, diante do mulá; ofendido pelas nádegas ao vento da minha irmã, ele censurou minha mãe dizendo que a educação e o pudor de uma menina começavam no berço. Minha mãe, enquanto se desculpava, levantou-se para pegar minha irmãzinha que corria em volta da sala, ria e pulava para todos os lados; coloquei um lenço sobre a cabeça e corri para ajudá-la; de repente o mulá, ultrajado, levantou a voz dizendo que a nossa casa era uma bagunça. A muda estava em pé, diante dele com a cabeça descoberta. Minha irmãzinha se jogou nos braços dela.

— É a irmã do meu marido que não tem o juízo perfeito, ela é surda e muda e não entende nada, perdoe, eu cuido dela por caridade, senão ela estaria pelas ruas.

Eu não acreditava no que ouvia, era realmente minha mãe que estava falando com um tom suplicante.

A muda lançou um olhar duro para minha mãe, virou as costas e foi para o quintal com minha irmã no colo. Depois desse incidente, todas as sextas-feiras de manhã, durante os dez minutos do mulá, minha mãe nos obrigava a ficar no quintal fechando a porta com a chave. Meu pai saía de casa antes que ele chegasse.

— Qual é o seu nome?

— É melhor você não saber.

— Você está com medo que eu o denuncie aos torturadores? Falei pegando minha refeição.

Eu não teria guardado na memória esse incidente e esse período em que o mulá vinha à nossa casa todas as sextas-feiras para a oração dos mortos, mesmo com meu tio o imitando e zombando de minha mãe e suas superstições todas as noites. Não, eu não teria lembrado mais dessas manhãs de sexta-feira se elas não tivessem transtornado nossos destinos. O da muda e o meu. Minha mãe gritava imprecações diante das brincadeiras do meu tio e quanto a nós, a muda, minha irmãzinha e eu ficávamos no quintal e isso era maravilhoso, não ver nem ouvir o mulá. Uma manhã, ele estava atrasado; meu tio já estava lá e ia almoçar conosco. Ao meio-dia a campainha tocou, fui em direção à porta, mas minha mãe gritou: "pegue meu véu e saiam todos para o quintal". Meu tio veio conosco para não cruzar com o pequeno comerciante da fé, como ele o chamava. No quintal, todas as sextas-feiras de manhã a muda brincava de fazer tricô comigo, para passar o tempo. Peguei meus fios, mas ela fez que não com a cabeça, só tinha olhos para meu tio e para falar a verdade ela teria preferido mil vezes que eu não estivesse lá, para ficar sozinha com ele. Meu tio começou a fumar um cigarro, a muda foi para o seu lado, eu nunca a tinha visto assim tão desejável. É verdade, com doze anos na época, eu não conhecia nada do amor, mas ali não tinha nada para conhecer, era evidente mesmo. Ela olhou meu tio direto nos olhos, depois pegou o cigarro dele e o colocou em seus próprios lábios. Eu estava hipnotizada pela cena. Lembro-me que pensei por um momento que a muda exagerava muito e senti uma espécie de ciúme que é difícil de explicar. Já tinha compreendido, havia muito, o fraco de minha tia por meu tio. Afinal, eu não era tão ingênua assim, e o erotismo que exalava dela, de sua abordagem, da maneira de se aproximar dele, de olhar direto em seus olhos e lhe tirar com seus dedos finos o cigarro da boca e o colocar em sua própria boca, era algo. Parecia uma cena de filme, ao ponto de na minha cabeça a cena ir mais longe; eu tinha imaginado dezenas de vezes que depois de uma baforada de cigarro meu tio a pegava em seus braços e a beijava apaixonadamente, como nos filmes. Eu sentia uma emoção tão grande que se a apaixonada fosse eu, a emoção não seria maior. Na realidade o beijo não aconteceu; talvez se eu não estivesse no quintal, tivesse acontecido alguma coisa, mas minha presença aparentemente embaraçou meu tio, pois ele disse desajeitadamente: "fique com esse, eu acendo outro", se afastando da muda e vindo para o meu lado. Eu não pude deixar de pensar: "mas é um cretino mesmo!"

Espero todos os dias pela passagem do meu guardião. Suas breves visitas pontuam minha solidão. Ele tem um ar doce. Deve estar fazendo o serviço militar. Mas hoje ele tinha um ar severo. Deu minha ração sem dizer nada.

Acho que nunca amei minha mãe, mas quando era criança, não ousava admitir isso; às vezes me sentia culpada de gostar mais da muda do que dela era como se eu a traísse. Os eventos que vieram depois me fizeram compreender que nunca a amei. Nem ela, nunca me amou. Ela tinha decidido ficar de luto até o ano novo. E queria, além disso, comprar um Alcorão novo, reeditado, porque o do meu avô, que ela havia herdado, estava muito velho. Meu tio dizia: "quanto mais velho mais precioso, os ocidentais preferem os objetos antigos, mesmo em mau estado". Minha mãe respondia que o Alcorão não era um objeto, mas um livro sagrado e que de qualquer modo os Ocidentais não entendiam nada do Alcorão, novo ou velho. Meu tio retorquiu: "por que você, você compreende alguma coisa dele, não é? Você ao menos sabe ler o Alcorão?"

Eles discutiam com frequência desde a morte do meu avô. Meu tio tinha comprado um videocassete usado e de tempos em tempos alugava filmes, mas minha mãe não queria ouvir falar disso porque ela achava que os filmes ocidentais pervertiam o espírito e que isso não era bom para nós. A muda, eu, meu tio e alguns amigos dele tínhamos nossas noites de cinema. Minha mãe disse para seu irmão que não ficava bem para nós assistir a filmes com rapazes do bairro, mas meu tio respondeu que sabia o que fazia e quando achasse que o filme não servia para nós, não nos levaria. Então, às vezes, ele fazia noites entre rapazes, para os filmes eróticos ou explicitamente pornográficos. Eu adorava nossas sessões de cinema. A muda grelhava pepinos, melancia e melão que ela salgava antes e deixava secar ao sol; ela também preparava xaropes. Durante todo o filme meu tio ficava com o controle na mão, e logo que havia cenas de beijo ou de corpos nus, imediatamente ele mudava de cena e adiantava o filme. Seus amigos se irritavam: "ah, você é chato, deixa a gente ver". Meu tio respondia: "é fácil para vocês, já que suas irmãs não estão aqui". Seus amigos diziam: "é só você não trazer essas duas aí, e nos deixar ver o filme tranquilamente". Meu tio retorquia: "é assim, e se vocês não estão contentes, podem ir embora, a porta está aberta e, que eu saiba vocês não pagaram ingressos". Eu admirava meu tio, pois ele não cedia e antes preferia sacrificar algumas cenas a nos privar, a muda e eu, de nossas noites de cinema. Por nada no mundo seus amigos teriam levado suas irmãs para ver um filme com os rapazes, de medo que fossem tratadas como moças sem honra no bairro. Eu tinha certeza que elas morriam de vontade de participar de nossas noites de cinema. Eu contava a duas das minhas amigas, que eram irmãs dos amigos do meu tio, o filme que a gente tinha visto na véspera, enfim o que eu havia entendido, pois os filmes eram em inglês sem legenda, mas nós seguíamos por alto a história; as passagens que ficavam obscuras por causa da língua, eu inventava. As cenas eróticas, eu contava em detalhes, sem ter visto. Minhas amigas, mortas de inveja, diziam: "seu tio deixa você ver essas cenas com os meninos do bairro"! E eu mentia com um tom natural, encolhendo os ombros. Mas eu não sabia que isso teria consequências.

Hoje meu guardião não passou. Estou em abstinência. Minha dor voltou. Espero que ele não esteja com problemas.

Depois de um tempo, minha mãe suspeitava da muda e observava seu comportamento a cada vez que meu tio passava em nossa casa. Ela queria a qualquer preço a afastar de seu irmão. Eu havia surpreendido aqui e ali seu olhar desconfiado e ouvi quando ela disse ao meu pai:

— Não é bom a muda e tua filha irem com os rapazes do bairro ver filmes.

— Deixe que elas vivam um pouco, seu irmão está com elas.

— As pessoas fazem fofocas.

— Não devemos dar importância ao que as pessoas falam.

— Sim, mas é como se diz, "a gente pode fechar a porta de uma cidade, mas não a boca das pessoas".

— Justamente, não dê ouvidos para as conversas.

As pessoas falavam que meu tio nos fazia assistir a filmes pornográficos, a muda e eu, em companhia dos rapazes do bairro, e que a casa do meu avô, depois de sua morte, havia se transformado em bordel. Minha mãe, que tinha ouvido os rumores, nos proibiu de colocar os pés lá. Uma noite, dois homens do comitê chegaram à casa dele sem avisar; felizmente estavam só os rapazes e assistiam a um filme de caratê. Mesmo assim confiscaram o videocassete. Eu me sentia culpada, mas nunca confessei que tinha contado cenas eróticas para minhas amigas.

Estou contente, hoje ele voltou, o guarda. Eu tive minha ração, mas sem bala e sem uma palavra.

Às vezes minha mãe se reunia com algumas vizinhas para descascar berinjelas ou lavar legumes enquanto tagarelavam. Suas conversas consistiam, geralmente, em falar mal das outras mulheres do bairro. Isso as ocupava e dava a ilusão de terem uma vida social. Essas reuniões eram sempre em nossa casa, que tinha apenas uma peça, e duas das mulheres, cujos maridos estavam na prisão, ficavam até anoitecer. Eu não gostava das nossas vizinhas, elas olhavam para a muda com olhos desconfiados. Eu sentia que elas tinham uma má influência sobre minha mãe. Às vezes me revoltava: "por que é sempre em nossa casa e nunca na casa de uma delas?" Não conseguia me concentrar e fazer o dever de casa. Minha mãe ralhava comigo e desferia que se eu fosse realmente estudiosa e concentrada, não ouviria nem mesmo o barulho de um trovão. Então, tentava fazer meus deveres, mesmo com suas presenças e barulhos me incomodando, especialmente porque, frequentemente, elas falavam todas ao mesmo tempo, o que produzia uma barulheira ensurdecedora. A muda nunca se juntava a elas, refugiava-se em nossa pequena cozinha e lhes preparava o chá, cozinhava ou então cuidava das ervas e das flores que ela tinha plantado no quintal. Um dia, enquanto fazia meus deveres, entre as palavras que enchiam o ar, pensei ter ouvido várias vezes "a muda". Fiquei intrigada e prestei atenção para ouvir o que elas estavam falando sobre minha tia. Ouvi uma das vizinhas, uma fanática que ia todas as sextas-feiras à mesquita e que era de uma maldade famosa no bairro, dizer baixinho à minha mãe:

— Você sabe, não fica bem que seu irmão venha toda noite à sua casa já que a sua cunhada mora com vocês e nem sequer usa um véu sobre a cabeça; as pessoas falam e contam coisas; nunca é bom provocar as pessoas; afinal, embora ela seja muda, é uma mulher.

— Mas o que posso fazer? Não posso proibir meu próprio irmão de vir me ver; ele é sozinho e não tem mais ninguém; quanto a minha cunhada, eu a carrego desde meu casamento, não posso pedir ao meu marido que a coloque na rua. Mas eles nunca ficam sozinhos e depois meu irmão fica apenas alguns minutos antes de voltar para a casa dele.

— Sim, às vezes eles ficam sozinhos. Já vi com meus próprios olhos várias vezes seu irmão chegar para almoçar enquanto você ainda está no trabalho e seu marido está viajando.

— Mas ela está sempre aqui, protestou minha mãe me designando com o olhar, e depois, francamente veja meu irmão, jovem e bonito como ele é, vai se interessar por uma solteirona muda que é oito anos mais velha do que ele?

Eu estava indignada ouvindo isso, mas ficava com a cabeça baixa e fingia fazer minhas lições. De repente elas se calaram. A muda estava dentro da sala, tinha na mão uma bandeja de chá, colocou no chão ao lado de minha mãe, fez um sinal com a cabeça para elas e saiu para o quintal. Todas as mulheres, inclusive minha mãe, a seguiam com os olhos.

— Estou dizendo o que ouvi na vizinhança. De qualquer forma você sabe muito bem que a sua cunhada não tem uma boa reputação e a verdade é que quando você olha para ela, diz para si mesma que as pessoas não estão erradas. O que você quer? Um homem é um homem, não pode se controlar, sobretudo quando uma mulher se insinua e anda sem um véu sobre a cabeça.

— Mas o que eu posso fazer? Perguntava minha mãe com ar aflito.

— Você pode casá-la, assim você se livra dela para sempre.

— Mas quem iria querer uma mulher muda?

— Ah, você sabe, sempre tem alguém; afinal uma mulher muda vale mais que uma mulher que fala o dia todo, e depois ela não é feia. Bem, ela não é muito jovem, já tem vinte e nove anos. Agora pensando nisso, conheço alguém que poderia se interessar.

— Mas quem?

As vizinhas se olharam. Na minha cabeça eu me dizia que elas não eram tão más assim, pois naturalmente acreditei que elas pensavam no meu tio.

— Você não faz nenhuma ideia?

— Pois eu digo que não.

Eu estava tão envolvida na conversa delas que tinha a boca aberta e estava a ponto de responder no lugar da minha mãe, quando ela se voltou e me mandou pegar outro recipiente na cozinha. Cada uma das boas mulheres tinham uma faca e uma berinjela na mão.

— Então, você vai finalmente me dizer quem quer a mão da minha cunhada?

Eu estava na cozinha e ouvi a fanática pronunciar o nome do mulá. A grande bandeja me caiu das mãos fazendo um enorme barulho.

— O que você está fazendo? Gritou minha mãe.

— Nada, gritei pegando a bandeja.

Coloquei-a ao lado delas e voltei para o meu lugar, para continuar meus deveres.

— O mulá? O mulá que vem à nossa casa para a oração? Disse minha mãe admirada.

— Evidentemente, não há outro.

— Mas como você sabe disso?

— Eu sei. Dizem que sua última mulher não pode ter filhos e que ele pensa em pegar uma nova esposa.

— Mas ele nunca vai querer uma mulher muda.

— Escuta, se estou falando, é porque ouvi dizer que uma sexta-feira quando estava aqui para a oração, aparentemente ele a viu e pode estar interessado. Para ele que já tem uma esposa jovem aproximadamente da mesma idade, o fato dela ser muda pode ser uma vantagem, assim as duas mulheres não vão brigar.

— Eu não tenho nada contra, afinal o mulá tem uma boa situação, mas meu marido precisa estar de acordo.

— Não vejo por que ele seria contra. Um marido para sua irmã muda, que já tem quase trinta anos, não se encontra todos os dias.

Eu não sabia o que fazer, me calar ou ir contar tudo para a muda e alertá-la ou informar meu pai desse plano maquiavélico. Finalmente decidi esperar, não perturbar minha tia e na primeira oportunidade falar com meu pai.

Minha mãe se adiantou a mim. Ela não perdeu tempo e já tinha contado tudo para o meu pai. Certamente à noite, antes de dormir ela tinha usado toda a sua arte para persuadi-lo. Pensei que ele ficaria furioso com a simples ideia de casar sua irmã com um mulá, mas não foi assim. Na noite seguinte, após o jantar, meu pai pegou a muda pela mão e a levou para o quintal. Eu olhava para minha mãe que vigiava os dois com um olhar inquieto. Compreendi que ela o havia convencido. Eu não os ouvia, mas como estava sentada diante da porta envidraçada, podia vê-los. Meu pai pegava a mão de sua irmã e falava; ela o ouvia e tentava entender o gesto terno de seu irmão. Minha mãe se aproximou e ficou em pé, ao meu lado, para ver o que se passava. Percebi que na medida em que meu pai falava, os traços do rosto da muda endureciam. Ela fez que não com a cabeça, retirou a mão, lançou um olhar duro para minha mãe que estava diante da janela, depois foi para o fundo do quintal e se encolheu num canto. Meu pai se aproximou, tentou de novo fazê-la ponderar, mas a muda se levantou, olhou-o duramente nos olhos e mudou de lugar. Meu pai entrou, voltou para o quarto e disse para minha mãe:

— Não há nada que eu possa fazer.

— Como assim? É você quem decide e não ela, ela está sob sua tutela e responsabilidade.

— Você não quer realmente que eu case minha irmã à força?

— À força? Porque à força? Uma vez casada ela entenderá que foi para o seu próprio bem. O que ela pode saber do casamento? Não é bom ter uma velh... — ela ia dizer uma velha solteirona, mas se conteve — ... uma moça da sua idade trancada em casa; você se dá conta que essa pode ser a única oportunidade para ela, a única chance de ter um marido, filhos, enfim, uma família?

— O que você quer que eu faça? Disse meu pobre pai manipulado.

— Você pode ir ver o mulá e dar o seu consentimento. É ele que estabelece todos os atos de casamento, pode estabelecer um para ele mesmo.

— Você fala disso como se a gente fosse vender alguma coisa.

— Escuta, sua irmã tem vinte e nove anos e é muda, ela assusta o bairro inteiro, e lembre-se que quando ela ficou doente você mesmo achou que ela tinha ficado louca. O casamento é o melhor remédio para ela.

— Mas eu não posso casá-la contra sua vontade com alguém a quem ela tem horror.

— Você conhece outros pretendentes? E depois, como ela pode ter horror a alguém que ela nem sequer conhece? Ela só está com medo de sair de casa, não é bom que ela fique agarrada assim com você. Você é seu irmão, não seu marido.

— De qualquer maneira você ficará de luto por seu pai até o fim do ano; veremos tudo isso depois do ano novo, cortou meu pai.

A muda se mantinha num canto do quintal e fumava um cigarro barato. Eu tinha vontade de consolá-la e contar o que eu tinha ouvido na véspera, mas não ousei. Ela tinha o ar muito sombrio. Eu a olhei pela janela e tomei uma decisão.

Na sexta-feirra seguinte, quando o mulá veio para a oração eu não saí para o quintal com a muda, fiquei na cozinha e me ofereci para fazer o chá. Na verdade era para espionar. Depois de prender meu lenço bem apertado ao pescoço, avancei em direção ao mulá, com a bandeja de chá na mão. Surpreendi seu olhar, sobre as lentes dos óculos, me observando de alto a baixo. Ele tinha certamente achado que seria a muda que iria servi-lo. Eu estava curvada e mantinha a bandeja diante dele para que pegasse a xícara, mas ela estava cheia demais e um pouco de chá caiu no pires. "Quantas vezes terei que dizer para você que não precisa encher demais as xícaras?" Era minha mãe que repreendia minha falta de jeito. Minhas mãos tremiam, a bandeja e a xícara também. "Não faz mal", disse o mulá pegando sua xícara. Levantei os olhos e meu olhar cruzou com o dele, que me perfurava. Não sei por que, mas nesse momento tive um mau pressentimento. Voltei para a cozinha sem parar de observar. Ao fim da oração, ele conversava com minha mãe diante da porta de entrada, eu não podia ouvi-los, pois falavam de forma muito discreta. Eu tinha certeza que minha mãe aprontava alguma coisa. Decidi desistir dessa estratégia.

— O que você fez para ser condenada à forca?

— É uma longa história.

— Então é isso que você está escrevendo?

— Mais ou menos.

Nós fizemos a grande limpeza de ano novo. Meu pai estava viajando e minha mãe no trabalho. Eu ajudava a muda a lavar a porta envidraçada. O dia estava bonito, ensolarado e o ar estava fresco, um verdadeiro dia de primavera. Eu estava com a mangueira na mão e enxaguava a janela. Meu tio apareceu na soleira da porta, tinha feito compras; veio ao quintal depois de ter deixado as sacolas na cozinha. Ele contou que não pôde comprar pão porque teve uma confusão na padaria: como sempre algumas pessoas tinham furado a longa fila; depois de protestos e insultos, várias pessoas saíram no tapa, um sujeito pegou uma faca e enfiou na barriga de outro.

— Que país! As pessoas são capazes de matar por um pedaço de pão, disse ele acendendo um cigarro.

Não era raro acontecer esse tipo de cena em nosso bairro; eu sempre achei que a violência gratuita fosse a única forma de homens pobres provarem sua virilidade.

A muda não dava nenhuma atenção para ele e continuava lavando a janela. Meu tio se aproximou dela e ofereceu um cigarro. Sem olhar para ele, a muda veio até mim, pegou a mangueira e jogou o jato d'água sobre meu tio. Ele gritou: "não faça isso, o que é que você tem?" Tinha raiva e não brincadeira na atitude da muda. Encharcado ele jogou fora o cigarro apagado e pegou a mangueira à força; eles estavam um contra o outro, ela resistia, mas ele era bem mais forte. Ele regou a muda por sua vez. Ela ficou encharcada e linda com seu longo vestido molhado colado ao corpo.

Olhando para eles, eu estava convencida dos méritos do meu plano. Na verdade, ele era simples: encontrar meu tio na casa dele e abrir seus olhos. Eu tinha repetido inúmeras vezes na minha cabeça o que lhe diria. Era importante não desmerecer a muda; isso ela não perdoaria. Era preciso contar para ele as intenções do mulá e da minha mãe, falar do desespero da muda e de seu amor por ele. Eu tinha pensado em lhe dar um papel de herói. O único que poderia salvar a muda. Decidi ir até a casa dele no dia seguinte. Ele não veio jantar conosco naquela noite. Minha mãe estava de mau humor e a muda fechada no seu universo; ela estava pensativa. Lavei a louça e nós nos recolhemos muito cedo. Sobre o colchão, eu pensava no meu plano e já via a muda, que estava deitada ao meu lado, em seu vestido de noiva nos braços do meu tio. Dormi cheia de otimismo.

Minha mãe me acordou de madrugada, estava agitada. Enquanto me levantava, ela repetia:

— Onde foi sua tia?

Ainda sonolenta, constatei que o lugar da muda estava vazio.

— Eu que sei? Deve estar no banheiro.

— Acabei de sair de lá.

A porta envidraçada do pátio estava fechada, então ela não podia estar fora, ainda assim acendi a luz externa para ver. Olhei também na cozinha.

— Se eu perguntei para você, foi porque já vi que ela não está em casa, nem fora, no quintal, disse minha mãe em pânico.

Eu não entendia onde ela podia ter ido a uma hora daquelas, mas de repente tive uma intuição.

— Se você sabe de alguma coisa, fale para mim.

— Não sei de nada, como eu poderia saber que ela desapareceria assim?

— Seu pai vai chegar essa tarde; temos que encontrá-la antes, senão ele vai achar que...

— Talvez ela tenha fugido para se salvar do casamento forçado com o mulá.

— Meu Deus, me ajuda, vai ser um escândalo se as pessoas souberem..., repetia minha mãe.

Ela colocou o véu e disse que ia acordar seu irmão para que ele fosse à procura da muda. A essas palavras estremeci: "é muito cedo, vá trabalhar, eu irei falar com meu tio". Mas ela já tinha aberto a porta e estava quase na rua. Corri atrás dela e puxei seu véu: "eu irei, vá trabalhar, você vai se atrasar". Ela se virou e vi dentro dos seus olhos um olhar desconfiado. Coloquei meu lenço sobre a cabeça e, com os pés descalços, corri atrás dela: "mas está muito cedo para acordá-lo, vá para o trabalho. Eu irei lá". Ela se virou de novo e me deu uma bofetada. Eu continuava atrás dela. Havia dois homens na rua que nos olhavam. Ela abriu a porta da casa do meu tio, entrei com ela. Com a pressa, tínhamos deixado a porta aberta. Ela ficou dois segundos paralisada diante da cena que nós encontramos: a muda e meu tio estavam nus, dormindo nos braços um do outro. Eu também estava sem ação e sem voz. Deus, como eram lindos seus dois corpos entrelaçados. Perigosamente lindo.

Minha mãe voltou a si e começou a fazer um escândalo. Eles acordaram de sobressalto. Surpresos tentavam puxar o lençol para cobrir sua nudez. Minha mãe fingia um desmaio. Os dois homens da rua tinham chegado à soleira da porta; eu a fechei. Meu tio, com um lençol em volta do corpo, repetia para minha mãe: "eu vou casar com ela, vou casar com ela; não se preocupe". A muda pegou seu vestido e foi para o banheiro se arumar. Minha mãe repetia: "que desgraça, que desgraça".

Eu lhe disse: "por que desgraça? Ele falou que vai casar com ela..."

Ela me jogou um sapato do meu tio que tinha na mão; nao tive tempo de me esquivar e ele me acertou em pleno peito. Eu estava farta do seu teatro:

— O que é? Você preferia casá-la com o mulá, é isso? E os seus planos foram por água abaixo?

Ela disse que eu era uma puta suja como minha tia, que eu sabia o que estava acontecendo e que foi por isso que tentei impedi-la de ir ali.

— E quanto tempo faz que isso vem acontecendo? As pessoas bem que tinham razão de dizer que a casa do meu pai tinha se transformado em bordel..., ela se lamentava batendo na própria cabeça.

Eu lhe disse que para alguém que tinha desmaiado ela estava muito agitada. Ela me jogou o outro sapato do meu tio, mas dessa vez eu desviei. A muda reapareceu; tinha um ar indolente, sereno, e os cabelos soltos. Isso lhe ficava muito bem. Eu admirava sua audácia. Meu tio tentava chamar sua irmã à razão e finalmente, depois de uma hora, ela se acalmou e foi para o trabalho. Eu e a muda voltamos para casa. Na rua, em frente à casa do meu tio e em frente a nossa casa havia aglomeração; as pessoas nos seguiam com os olhos. Passávamos rente à parede e andávamos com passos rápidos para nos refugiarmos em casa logo.

— É estranho que você seja guarda de prisão.

— Eu não escolhi.

— Você faz o serviço militar? Por que você nunca me responde?

— Eu não tenho o direito de falar com você.

A muda tinha muita força de vontade; só os seres de inteligência medíocre, como minha mãe, podiam subestimar sua obstinação; ela que vivia irredutível no silêncio havia tantos anos! Tinha decidido colocar um fim nesse projeto de casamento com o mulá; e colocou de forma radical. Ela se ofereceu ao homem que amava, sem lhe pedir nada em troca. Um ato mais que revolucionário para uma mulher, e não apenas em nosso meio, mas neste país onde o amor é sempre um caso de honra entre os irmãos e os pais, um negócio com um contrato e arranjo, um simples comércio. Neste país onde o amor é proibido.

Alguma coisa havia mudado nela, não sei ao certo o que, mas eu via a muda de outra maneira; ela não era mais completamente a mesma e aquele dia em que nós estávamos as duas juntas em casa, como milhares de outras vezes, não se parecia com nenhum outro dia. Eu tinha vontade de falar com ela, mas não sabia o que dizer e estava muito desconfortável; ela parecia embaraçada por ter sido surpreendida nua nos braços do meu tio, mas ao mesmo tempo havia uma quietude em sua postura; estava apaixonada, tinha alegria nela e isso saltava aos olhos. Ela preparava o café da manhã. "Vamos, fique sentada, deixe que eu faço", propus desajeitadamente. Ela me olhou com um esboço de sorriso nos lábios e afeição no olhar, eu ousei e lhe disse hesitando:

— Você fez a coisa certa. Ninguém mais vai azucrinar você. Agora é só fazer o vestido de noiva. Estou feliz por você.

E então fiquei triste, pois iria perdê-la. Ela não seria mais minha, mas do meu tio.

— Vou poder ir todos os dias na casa de vocês?

Lágrimas escorriam por meu rosto. "É a emoção", falei. Ela me abraçou e apertou bem forte. Os mesmos braços apaixonados que haviam enlaçado meu tio. Não sei por que, mas minhas lágrimas continuavam a correr embora me sentisse excepcionalmente feliz e em segurança.

Por volta das três horas da tarde tocaram a campainha. Achei que era meu pai e corri para abrir a porta. Eram dois homens do comitê, fuzis nos ombros. Eles entraram me afastando do caminho. Um deles pegou a muda pelo braço violentamente. "Dê-me uma burca", gritou para mim. Obedeci. Meus joelhos tremiam. A muda tinha o olhar aterrorizado. Eles colocaram a burca sobre a cabeça dela, fizeram com que saísse de casa e entrasse no carro com eles. Eu me beliscava e dava tapas para acordar, mas esse pesadelo não era um sonho. Sua invasão tinha sido tão brutal e rápida que quando percebi o carro já havia desaparecido na esquina. Corri à casa do meu tio para preveni-lo. Toquei a campainha, bati na porta. Um dos vizinhos me disse: "eles vieram e o levaram para o comitê".

Não tinha forças para percorrer os cinquenta metros que me separavam de casa. Desabei no chão, em frente à porta da casa do meu tio. Eu soluçava.

Meu pai voltou no início da noite. Contei o que aconteceu à tarde, sem ousar dizer uma palavra a propósito da cena na casa do meu tio. Coitado, estava perplexo. Correu na hora para o comitê. Quando ele saiu pensei que deveria ter lhe contado tudo para que não soubesse pelos homens do comitê. Eu andava de um lado para outro dentro de casa quando minha mãe chegou. Com um ar sobrecarregado ela me disse:

— Vá me buscar um copo d'água.

Eu trouxe sem dizer nada.

— Onde está sua tia? Espero que não tenha ido encontrar seu amante outra vez, disse ela entre dois goles.

— A felicidade dela é assim, tão insuportável para você? Você é tão má que não pode ficar feliz por ela e por seu próprio irmão?

— Vejo que ela tem realmente uma influência muito boa sobre você que a defende depois da desonra que ela nos fez.

— Mas em que é uma desonra o amor deles? Em que isso diz respeito a você?...

Eu chorava de novo, soluçava; detestava, odiava minha mãe.

— Onde está sua tia? Estou perguntando, vamos, responda.

— Pode ficar feliz, eles a levaram para o comitê, eu disse.

— Eles quem?

— Quem você queria que fosse? Os homens do comitê; eles vieram aqui. Se você não tivesse berrado, acordado os vizinhos, nada disso teria acontecido.

— E seu tio?

— Também foi levado.

Ela recolocou o véu para ir ao comitê. Eu disse que meu pai já estava lá. Para ela a única culpada era minha tia. Para mim, toda a culpa era de minha mãe.

Meu pai voltou sozinho do comitê.

— Eles estão detidos. O mulá não estava lá. Voltarei amanhã de manhã.

Ele estava arrasado.

Foi a primeira noite da minha vida que passei longe da muda.

Perguntei ao meu guardião, essa manhã, pegando meu ópio: "eles sabem disso?"

— Claro que não!

— Então por que você se arrisca?

Ele se foi. Eu gritei: "você não pode falar comigo, é isso?" Mas talvez eu não devesse ter dito isso.

Aos olhos do mulá, a muda havia cometido adultério; ela não era oficialmente sua mulher, mas ele tinha pedido sua mão em casamento para minha mãe, que lhe deu o consentimento do meu pai. A muda, sem que ela soubesse, era sua prometida. Um mulá enganado por sua nova futura esposa, um tartufo ferido em sua honra e sua vaidade piedosa, nem mesmo Deus, todo-poderoso, nada pôde contra sua vingança. A muda seria apedrejada. Mesmo hoje, estando estagnada na prisão, esperando meu enforcamento, depois de ter conhecido tantos horrores, não posso dizer em que estado o anúncio dessa sentença tinha nos deixado, meu pai e eu. Não há palavras para descrever uma barbaridade dessas: imaginar um só momento que minha tia muda fosse enterrada até os braços e que uma multidão lhe jogaria pedras até matá-la nos enchia de horror, mas também de uma fúria capaz de incendiar toda a cidade. Eu poderia sozinha assassinar o mulá e o bairro todo. Nas minhas crises de choro, eu suplicava ao meu pai para fazer alguma coisa. Aos treze anos, acredita-se ainda que o pai seja um homem todo-poderoso. Eu nunca o tinha visto chorar, mas desde que nos disseram que a muda seria lapidada, ele chorava copiosamente. Constatando sua incapacidade, eu suplicava a Deus que houvesse um terremoto, bombas, uma guerra, que aniquilassem a cidade inteira, o país inteiro, para que o apedrejamento da muda não acontecesse. Sou incapaz de exprimir o ódio que eu sentia de minha mãe, por sua besteira, sua estupidez e sua maldade; como será que meu pai conseguiu se controlar? No seu lugar eu a teria espancado. Ela não parava de repetir que isso não era sua culpa, que ela estava certa quando dizia que a muda não deveria ir à casa do meu tio. Por momentos eu tinha vontade de apertar seu pescoço para que se calasse. Minha imaginação me torturava, a cena do apedrejamento se repetia na minha cabeça; eu via a muda, aquela a quem eu mais amava no mundo, aquela que tinha me amado, pegado no colo, aquela que era meu refúgio, ser morta desse jeito. Eu ignorava que um sofrimento desses pudesse existir. Ninguém merece uma morte tão atroz, nem mesmo o mais criminoso dos homens, e muito menos uma maravilhosa tia muda da qual o único crime tinha sido se atrever a amar. Ora eu pedia a Deus, ora o ameaçava: "Ah, Deus, eu te mato com minhas próprias mãos se você deixar que minha tia morra apedrejada".

Meu pai tinha ido implorar ao mulá; ele se jogou aos seus pés, contou como ela tinha ficado órfã aos dez anos, como ele a havia criado na miséria; pediu sua graça. O mulá prometeu que a muda não seria apedrejada, apenas enforcada, mas em troca pediu minha mão. Em lágrimas meu pai concedeu.

Quando ele voltou para casa, parecia um pássaro ferido que já não pode voar e se arrasta sobre uma pata. Quando cruzou o limiar da porta, corri para ele. "Ela não vai ser apedrejada, mas enforcada", disse com uma voz estrangulada, depois caiu no chão, desfigurado, olhar apagado. Essa novidade expulsou a imagem do apedrejamento da minha cabeça, meu pai tinha acabado de salvá-la. O enforcamento é uma morte digna e doce se comparada à lapidação.

Nós estávamos de luto bem antes do dia do enforcamento. O mulá não queria deixar essa história se arrastar; então já tinha fixado a data. Ele concedeu ao meu pai excepcionalmente o direito a uma visita, uma só. Eu o acompanhei, mas tive que esperar diante da porta da prisão, dessa mesma prisão onde estou hoje. Ele saiu depois de dez minutos; não abriu a boca e eu não perguntei nada. Simplesmente peguei seu braço, pois senti que ele podia cair na rua. Quando entramos em casa, ele se deitou e não levantou durante dias.

O enforcamento seria sexta-feira de manhã, feriado, na praça pública do bairro, para que houvesse o máximo de espectadores possível. Estávamos todos em casa; meu pai estava doente, incapaz de levantar-se. Eu queria ver a muda pela última vez antes de sua morte. Queria ver o enforcamento para não esquecer o que lhe haviam feito. Minha mãe ficou na minha frente para me impedir de sair. Eu a empurrei com todas as minhas forças e saí. No momento em que cheguei à praça, homens encapuzados colocavam a muda em um caminhão. Ela usava um traje preto e longo que escondia até seus pés e um véu preto sobre a cabeça que cobria inteiramente seus cabelos, mas deixava o rosto descoberto. Suas mãos estavam amarradas às costas. Um homem passou a corda em seu pescoço; ela olhava para as pessoas, eu a olhava e queria chamá-la para que soubesse que eu estava lá; minha voz não saía, no entanto eu gritava, ou pelo menos tentava gritar. A realidade ultrapassava o pesadelo, os soluços que em minha garganta cortavam a respiração; até o ar passava com dificuldade. Eu gritava, mas nenhum som saía da minha boca. Lágrimas de sangue corriam pelo meu rosto. Secava meus olhos sem parar para que a última imagem da muda não fosse turvada pelas grossas lágrimas que caíam. A muda tinha uma expressão serena, tenho certeza que ela não se arrependia de ter vivido aquela noite de amor e que preferia morrer a se tornar mulher do mulá. Ela levantou a cabeça para o céu. Eu olhava para ela e quando baixou a cabeça, me viu na multidão; durante alguns segundos ficamos olhando nos olhos uma da outra. Eu chorava, ela tinha um esboço de sorriso nos lábios, já estava em outro lugar. O braço da grua levantou o corpo da muda. A multidão gritava "Alá é maior". A muda ficou suspensa entre o céu e a terra.

Ela foi sepultada na parte do cemitério reservada aos criminosos, para que seu pecado de adultério não contaminasse os virtuosos muçulmanos. Miseráveis humanos, lastimáveis crentes. Nos dias que se seguiram chorei todas as lágrimas do meu corpo.

Sete dias após o enterro, um homem tocou nossa campainha, meu irmãozinho abriu. Seu pai está? Falou uma voz masculina que fazia questão de ser ouvida. Meu pai levantou, conversou alguns minutos com o desconhecido, deixando a porta entreaberta atrás dele, depois entrou com ar desanimado, fechou a porta, abateu-se sobre o tapete. Tinha um papel na mão.

— O que é isso? Perguntou minha mãe.

— É a certidão de casamento da sua filha.

Antes mesmo que ele abrisse a boca, não sei como, eu já tinha entendido tudo. Minha mãe, inquieta, o questionava. Eu não escutava. Chorava e não sabia o que fazia rolar minhas lágrimas, se era a morte da muda, o desespero do meu pai ou o sinistro futuro que me esperava. Não censurei meu pai, teria feito a mesma coisa se estivesse no lugar dele. Seria até capaz de fazer pior para salvar a muda do apedrejamento. O mulá tinha estabelecido o casamento, não precisava do meu consentimento, pois, segundo a lei, eu estava sob a tutela paterna e meu pai tinha o direito de me casar com quem quisesse. Ele tinha dado sua palavra. Eu deveria estar na casa do mulá na manhã seguinte.

Meu tio foi condenado a três meses de prisão e cento e vinte chicotadas. Com ele o mulá mostrou-se clemente e reduziu o número de golpes para oitenta. Só consegui dormir tarde da noite, de madrugada, e sonhei com a muda. Estava no cadafalso, mas com as mãos livres; com um movimento da mão, tirou seu véu. De cabeça descoberta, os cabelos em duas longas tranças, ela tinha de novo um aspecto digno. Provocada por seu gesto, a multidão devota gritava: "enforquem-na!" Acordei gritando.

Saí de casa sem lamentar, viver ali era insuportável depois da morte da muda. Abracei minha irmãzinha, disse adeus para minha mãe e meu irmão. Meu pai me acompanhou, ele carregava uma mala que minha mãe tinha preparado para mim. No caminho eu disse: "você fez bem. Eu mesma teria aceitado esse casamento para impedir a lapidação da muda". Ele não abriu a boca, caminhava como um autômato. Eu tinha decidido fugir nesse mesmo dia, mas não revelei minha intenção; pensei: "é melhor não o comprometer".

Nós atravessamos o bairro. Numa rua larga, diante de uma porta metálica marrom, que tinha o número vinte e oito, meu pai parou. "É aqui", murmurou. Ficamos ali dois ou três minutos, o tempo de uma eternidade. Ele colocou a mão sobre meu ombro e com uma voz grave e desesperada me disse: "perdão". Não reagi; ele repetiu: "perdão, minha filha". Eu queria me jogar em seus braços, mas estava paralisada, pois seu gesto foi tão inesperado que me deixou bloqueada. Afinal, eu estava acometida de uma espécie de indiferença, não estava em meu corpo, estava sempre lá na praça, diante do corpo pendurado da muda.

Meu pai tocou a campainha. Uma mulher de burca preta abriu a porta, ela conduziu meu pai ao escritório do mulá. Era sua segunda esposa; eu era a terceira. Ela me acompanhou a um cômodo, meu quarto. Um provérbio me veio à mente: "entre de vestido de noiva, em pé, sobre as duas pernas na casa do teu marido, e só saia de lá na horizontal, na mortalha". Eu não estava usando o vestido de noiva e esperava sumir nesse mesmo dia. Antes de partir, meu pai veio me ver. Ele ficou no limiar da porta do quarto, sem entrar:

— Se você precisar de alguma coisa...

— Ficarei bem, não se preocupe.

Foi a última vez que o vi. Ele morreu duas semanas depois. Minha mãe o encontrou no quintal com um cigarro na mão; teve um ataque cardíaco.

À tarde peguei minha mala e tentei fugir, mas a porta da casa estava fechada a chave. Não vi o mulá o dia inteiro, nem à noite. Acreditei que ele quisesse me deixar em paz. Mas na segunda noite ele entrou no meu quarto. Eu estava deitada. Ao vê-lo tive um sobressalto e saí para o corredor. Ele ficou um longo momento, depois tornou a sair e entrou em outro cômodo, sem me dizer nada nem me olhar. Aliviada, voltei para o quarto; estava encolhida num canto quando a porta se abriu novamente. Levantei, ele logo fechou a porta com a chave. Estava diante de mim, era a primeira vez que eu o olhava realmente. Havia tirado o turbante, mas continuava com a túnica de mulá. Ele tinha uns cinquenta anos, era careca, o pescoço grosso, o rosto e a barriga bem gordos, o olhar traiçoeiro e lascivo. Avançou para mim. Recuei, ele me agarrou, me debati e resisti alguns minutos. Atirou-me sobre o colchão e antes que eu pudesse levantar, estava sobre mim. Era pesado e seu hálito fedia a carne podre. Senti seu sexo duro, nu sob a túnica de mulá. Eu estava paralisada de medo, mas tentava em vão me defender. Ele baixou minha calça e enfiou seu sexo em mim. Senti muita dor e ardência. Fiquei com vergonha. Ele se mexia sobre mim, sua respiração ofegante deixava seu hálito ainda mais forte, escondi a cabeça sob o travesseiro para não sentir o cheiro. Ele acabou, saiu de cima de mim e deitou-se por alguns segundos, depois levantou, abriu a porta e saiu. Minhas pernas tremiam, eu tinha uma mistura de sangue e esperma entre as coxas.

Ontem à noite sonhei com meu guarda. Não me lembro muito bem, mas eu não estava mais na prisão, era vendedora numa grande loja. Ele passava de carro e eu o via através da janela. Quase contei o sonho para ele.

Hoje matei duas baratas; normalmente elas ficam longe de mim, desconfiam do meu instinto assassino, e com razão, não tenho mais medo delas, enquanto que um ano atrás, só de ver uma barata eu ficava tomada por um terror mortal. Elas sabem que dentro desta cela sou eu que mando.

No dia seguinte à minha defloração, a segunda esposa me apresentou a primeira, que morava no maior quarto da casa, dizendo que de agora em diante eu deveria tomar conta dela. Tinha diante de mim uma velha paralítica; ela tinha tido um ataque. O mulá gostava que cada tarefa fosse bem-feita e ele mesmo fez a divisão dos trabalhos entre suas mulheres. A segunda se beneficiava do prestígio de ser mais antiga. Ela estendeu-me um papel no qual havia duas listas paralelas. Ela cozinhava, fazia a limpeza do escritório do mulá, do seu quarto comum, do quintal e regava as árvores e plantas. Eu estava encarregada da primeira mulher inválida e da limpeza dos banheiros e do meu quarto. Tinha uma máquina de lavar louças e uma de roupas. Ela me disse que antes da minha chegada se ocupava de tudo, inclusive da velha, e que não tinha ciúmes de mim, pois minha presença lhe permitiria respirar um pouco. Acrescentou orgulhosamente que a noite do meu casamento o mulá havia passado com ela para honrá-la e lhe provar que eu não tomaria seu lugar, mas já que eu havia sido deflorada na véspera, era preciso cumprir os meus deveres como terceira esposa do mulá.

— Ele tem um senso agudo de justiça e trata suas mulheres com igualdade, ironizei.

Mas ela não entendeu nada e respondeu: "sim, de fato". Fiquei em meu quarto sem sair o dia inteiro. À noite o mulá apareceu em minha porta. Estendi o colchão e me deitei em cima para acabar o mais rápido possível. Mas ele ficou em pé e disse:

— É só a cada duas noites que você tem esse direito.

Eu ia insultá-lo, mas acabei levantando sem dizer nada. Ele recomeçou.

— Você não se ocupou de minha primeira esposa hoje, no entanto, Zahara mostrou para você essa manhã a lista de suas tarefas.

Fiz de conta que não entendi. Ele repetiu palavra por palavra.

Acabei dizendo: "não vejo por que devo cuidar de uma mulher velha que eu nem ao menos conheço".

— Sim, você a conhece; é a minha primeira esposa e você tem o dever de cuidar dela já que tomou seu lugar.

— Seu lugar? Que lugar?

— Antes de você era ela que dividia minhas noites. Então aconselho você a ir agora cuidar dela e a sua desobediência não terá consequências.

— Eu não sou empregada de ninguém.

— É a sua última palavra?

— Não, eu vou falar mais: você é um assassino, matou minha tia, me roubou de casa, me violentou e... você não passa de um...

Não consegui terminar a frase, ele se aproximou, Zahara apareceu atrás dele. Ele pegou o travesseiro e apoiou sobre minha boca para que eu não pudesse gritar. Fizeram com que eu saísse do quarto, depois descesse as escadas. O mulá me amordaçou, amarrou minhas mãos às costas e me trancou no subsolo. Estava muito escuro. Depois de alguns minutos senti uma barata sobre o meu pé nu, quase morri de medo. Eu a repeli com o outro pé, fazendo um movimento brusco; eu berrava, mas minha voz estava abafada pela mordaça que tinha na boca. Passei a noite com os olhos bem abertos vigiando as baratas e mantendo distância delas.

Fui acordada no dia seguinte pela luz do sol quando o mulá abriu a porta. Ele tinha vindo em casa para almoçar. Perguntou se eu obedeceria ou preferia passar mais algumas noites no subsolo. Fiz que sim com a cabeça. Tirou a mordaça e desamarrou minhas mãos.

Ele me conduziu ao quarto da primeira esposa. Zahara me mostrou o que fazer. Eu devia trocar suas fraldas três vezes por dia. Comecei o trabalho. O fedor me dava náuseas. À noite pedi luvas e máscaras ao mulá. Ele me disse que logo as teria. Na manhã seguinte, quando saí do quarto, elas estavam dispostas diante da porta.

O verão chegava ao fim. Eu não podia continuar os estudos já que estava casada, e para as aulas da noite o mulá não me deu permissão. Ele disse que eu podia estudar em casa e me trouxe um pequeno dicionário e dois livros de religião. Eu não podia sair. A porta estava sempre trancada a chave, Zahara tinha a cópia sempre com ela, em seu corpete.

Minha mãe passava de vez em quando para me visitar. "Estou tranquila, você não precisa de nada e vejo que é bem tratada pelo mulá e sua mulher", ela repetia a cada vez. Ela me contou que depois da morte do meu pai, o mulá a ajudava um pouco no fim do mês. Fazia apenas seu dever como genro, ele mesmo havia dito, para que ela não ficasse embaraçada. Disse que se sentia muito sozinha. Depois de sair da prisão, meu tio foi embora da cidade sem se despedir dela. Eu preferia que ela não viesse. Vê-la me fazia mal.

Eu pensava sempre em fugir, ou antes, sonhava em fugir, mas não sabia como. Sentia-me culpada pela morte da muda e suportava minha vida como uma punição merecida. O sofrimento expiava minha culpa. A adolescente de treze anos que eu era me parecia agora estranha e distante. O mulá vinha uma noite sim e outra não ao meu quarto. Eu cuidava de sua primeira mulher, limpava os banheiros e passava muito tempo sozinha num canto lendo o dicionário.

Já que vou ser enforcada, vou dizer a verdade. Sem confessar nem a mim mesma, eu tinha gostado do sexo do mulá em minha vagina. Uma noite sim, outra não, quando ele me penetrava na penumbra, eu tremia de um prazer vergonhoso e culpado. Eu sempre escondia a cabeça sob o cobertor para não sentir seu hálito, mordia o travesseiro para que ele não me ouvisse e assim que ele saía do quarto para ir dormir em seu escritório, eu me repreendia. Eu me desprezava. Ele tinha enforcado a muda. Sentia-me suja, culpada, puta. Meu ódio se voltava contra mim mesma.

Fiquei grávida após seis meses. Eu estava doente o tempo inteiro, logo que engolia alguma coisa, vomitava. Queria vomitar a criança que crescia no meu ventre. Durante a gravidez, não suportava o cheiro do mulá; quando ele se aproximava, eu tinha náuseas. Ele me deixou em paz pelo bem da criança e passou todas as noites no quarto de Zahara. Estava encantado de ser pai de novo e queria um menino. Eu ainda nem tinha completado catorze anos e ia ser mãe do filho de um homem ao qual odiava.

Minha gravidez era insuportável para Zahara, que não podia ter filhos. Ela me provocava o tempo todo e me censurava por não fazer meu trabalho direito. Eu não conseguia mais limpar a primeira esposa. O cheiro dos seus excrementos me fazia vomitar as entranhas. Falei para o mulá e ele mandou Zahara me substituir durante a gravidez; isso a deixou ainda mais hostil; eu deveria em troca cozinhar e limpar o quintal. Um dia ela me passou uma rasteira; caí sobre a barriga. Estava grávida de cinco meses e achei que sofreria um aborto espontâneo. A ideia de perder a criança não me incomodava em si, eu não a tinha desejado, longe disso, mas senti dor ao cair e estava cheia das suas maldades. Então me levantei e fui para cima dela. Nós lutamos. À noite ela contou sua versão ao mulá. Ele veio me ver e contei a minha. Ele me mandou acompanhá-lo; o segui ao quarto de Zahara; depois nós duas o seguimos ao subsolo. Ele nos encerrou no escuro, dizendo que se não éramos capazes de nos comportar de forma conveniente ele podia nos ajudar nos atando as mãos. Foi naquela noite no subsolo que tomei minha decisão.

— Seu enforcamento será nesta sexta-feira.

— Obrigada.

— Pelo quê?

— Por me avisar.

Após alguns segundos de silêncio, ele disse:

— Eu me chamo Arasch e sou de Chiraz.

Olhando seus olhos cor de mel, de sol, cor de esperança, senti uma coisa que eu nunca tinha sentido na minha vida.

Serei enforcada na mesma praça pública onde a muda foi enforcada. É estranho, no momento do seu enforcamento me vi no lugar dela, senti a corda em torno do meu pescoço. Não tenho medo da morte, por mais indescritível que ela seja. Aos quinze anos somos muito jovens para temer a morte.

Meu parto foi muito difícil. Sofri o martírio por mais de trinta horas; eu maldizia o céu e a terra, o mulá e seu filho. Ele não queria nascer. A parteira tinha vindo em casa, o mulá queria que o parto fosse natural. Ficou decepcionado, era uma menina. Não a peguei nos braços. Não me sentia sua mãe. Achei que morreria de exaustão.

Quarenta dias após o parto, o mulá reapareceu no meu quarto. Como antes, sem tirar a túnica, me penetrou; não sei se era a dor do parto, os meses de solidão ou o bebê que dormia ao meu lado, mas não sentia nada e fiquei inerte sob seu corpo. Depois do coito, ele saiu de dentro de mim, levantou e foi para o seu quarto. Voltava uma noite sim, outra não. E uma em cada duas noites, sob o corpo do mulá quando ele se mexia sobre mim, eu imaginava a cena; olhava a veia jugular do seu pescoço, lado direito já que sou canhota; eu tinha que ter precisão e sangue frio; não podia correr o risco de um gesto inexato. De tanto ter imaginado, eu poderia fazê-lo na escuridão total. E finalmente fiz.

Eu tinha afiado a faca e escondido sob o colchão. Enfiei em sua garganta quando seu sexo estava na minha vagina. Eu o empurrei e lhe dei muitas facadas no peito. Ele jazia no sangue. Olhei por instantes o bebê que dormia e pensei no provérbio tão caro à minha mãe: "Ninguém pode lutar contra o seu destino..." O dela começava mal desde o berço; abandoná-la com Zahara ou minha mãe teria sido criminoso. Eu tinha vontade de pegá-la em meus braços, mas peguei um travesseiro e o mantive pressionado sobre seu rosto. Ela tinha quatro meses e se chamava Zynabe; eu não gostava desse nome, foi o mulá que escolheu. Eu queria me matar, mas abrir minhas veias com a faca coberta do sangue do mulá era impossível para mim. Também acho que não tinha mais nem a força e nem a raiva necessárias. Pensei em fugir para Teerã; ninguém poderia me reconhecer lá. Peguei a chave do escritório no bolso de sua túnica. Eu sabia que ele escondia dinheiro no móvel em que estava também a chave da casa. A luz do quarto de Zahara estava apagada. Fiquei com a chave na mão alguns minutos. Esperava ter certeza de que ela dormia, mas na verdade eu sabia que não sairia do quarto. Não poderia começar uma nova vida depois de matar minha própria filha, mesmo que ela fosse do mulá. Tinha cadáveres demais na minha vida. Peguei o corpo do meu bebê nos braços. Lembrei-me da sequência do provérbio: "A cada um a sorte que lhe cabe, assim vai a vida". Eu sonhava com um futuro radiante, acreditava ter outro destino. Queria ser médica, acabei assassina.

Eu pensava na muda e me dei conta que o sofrimento e a solidão da minha tia não desapareceram com a morte dela, eles tornaram-se os meus. A muda e eu tínhamos a mesma sina, a mesma estrela do azar que eu trazia comigo desde sua morte.

Nota da jornalista

O canal de televisão no qual trabalho tinha me enviado ao Irã para fazer uma reportagem filmada sobre a rota da seda. Eu estava acompanhada pelo cinegrafista e o técnico de som com os quais sempre trabalhei. Os trâmites tinham sido feitos antes da nossa partida e no dia seguinte a nossa chegada, já estávamos trabalhando. Tínhamos alugado um 4x4 e contratado um motorista. E, naturalmente, um guia informante que se virava bem em francês nos havia sido designado pelas autoridades iranianas. Ele se mostrava amável, mas atento, e raramente deixava de nos observar.

De manhã tínhamos saído de Qom, a "cidade santa". Dirigíamos pela estrada de Kashan, "uma das cidades mais antigas do Irã", quando caímos em uma barragem. Obras na estrada. Pegamos um desvio, uma pista em mau estado. Cruzamos vários caminhos de terra sem nenhuma placa indicativa. O motorista não parecia mais estar certo do itinerário. O guia e ele discutiam em persa e claramente não chegavam a um acordo.

O carro parou após ter ultrapassado uma motoneta estacionada no meio do nada. O motorista e o guia desceram; eu também, para esticar as pernas. A motoneta ia sair quando o guia chamou seu condutor, que veio ao nosso encontro. Ele gesticulava ilustrando suas explicações para indicar o caminho ao motorista. Fiquei impressionada com seus magníficos olhos cor de mel. Ele me olhava insistentemente. Interpelada, sorri para ele. Nosso guia, com necessidade de aliviar a bexiga, se retirou. O motorista voltou para o carro. O jovem se precipitou para mim e disse em inglês: "*journalist*?" E sem esperar minha resposta, tirou um caderno de dentro do blusão e me pôs nos braços, dizendo angustiado: "*Take it! Take it!*" de perto, seus olhos, como duas esferas douradas, brilhavam sob o carvão dos cílios. Surpresa, reagi rapidamente, antes que o guia voltasse. Escondi o caderno sob meu casaco. Ele se afastou. O guia voltou, entramos no carro, com uma meia volta entramos lentamente no caminho de terra. O jovem acenou para nós. Virei-me para vê-lo mais uma vez. Ele continuava em pé ao lado da motoneta. Sua imagem sumiu atrás da nuvem de poeira que o carro levantava.

Um provérbio persa diz: "A morte dos pobres e o crime dos ricos não fazem barulho". Espero que a história da muda e de sua sobrinha desmintam esse provérbio.

Durante minha estadia no Irã, muitas pessoas me contaram que o regime usava os enforcamentos públicos para executar indistintamente criminosos comuns e políticos da oposição qualificados como criminosos. A onda de repressão nunca foi interrompida e, já há algum tempo, dobrou de intensidade. O regime enforca a torto e a direito.

Nota do tradutor

Eu sou tradutor de umas trinta obras, tanto romances quanto ensaios, do francês e do inglês para o persa. Essa narrativa me confrontou, pela primeira vez, com a tarefa singularmente mais árdua que é a tradução do persa para o francês. O desafio ainda mais difícil de cumprir foi o texto, de um tom muito pessoal, que tinha sido redigido em circunstâncias trágicas. Tentei antes de tudo, tanto quanto eu podia, ser fiel à escrita, à voz, ao suspiro que atravessa essa história. Apenas me permiti corrigir alguns erros de ortografia cometidos pela autora. Deixei tal e qual a falta de jeito que há no estilo, às vezes falado e bastante familiar. A autora não usou nenhuma pontuação, não usou as linhas e não dividiu seu relato em capítulos, certamente por causa do número limitado de folhas do caderno que tinha; pode ser também por gosto ou sob a pressão de seus sentimentos. Portanto, tomei a liberdade de arejar o texto na tradução para que sua leitura ficasse mais fluida.

É importante, enfim, trazer aqui duas precisões de ordem etnolinguística. A primeira concerne aos laços de filiação. As línguas francesa e inglesa usam indistintamente o termo *tante-aunt* para designar a irmã do pai ou a irmã da mãe, e o termo *oncle-uncle* para designar o irmão do pai ou o irmão da mãe. Na língua persa, palavras diferentes designam essas relações de filiação. *Améh* para tia paterna, *khaléh* tia materna, *Amou* tio paterno, e *Dâï* tio materno. Na tradução, tive que precisar que dois dos protagonistas do drama era uma — a muda — a "tia paterna" da narradora, e o outro — o jovem rapaz — seu "tio materno". Entre este e a muda não existe, pois, stricto sensu, nenhum laço de filiação. A segunda precisão diz respeito às relações entre as co-esposas. A autora usa para as duas esposas a palavra *Havou*. A charia[1] autoriza a poligamia; ela permite a um homem ter quatro esposas oficiais. *Havou* designa o laço existente entre essas esposas: as mulheres que têm o mesmo homem por marido são *havous* umas das outras. O termo próprio ao sistema da poligamia, não tem obviamente nenhum equivalente nas línguas ocidentais. Tive que eliminar da tradução.

Quero agradecer a jornalista C.J. por sua confiança. Suas releituras e observações me foram indispensáveis para concluir esta primeira tradução do persa para o francês.

---

[1] Lei canônica islâmica que rege a vida religiosa, política, social.

Sobre a autora

Chahdortt Djavann nasceu no Irã em 1967, emigrou para a França em 1993, para fugir do fundamentalismo islâmico de seu país, partindo para o exílio que dura até os dias atuais. Primeiro foi para Istambul onde ficou por pouco tempo e, depois, seguiu para a França onde não conhecia ninguém. Mesmo longe de seu país natal, Djavann não se desligou de suas origens, buscando o caminho das letras para relatar os atos autoritários cometidos pelo governo do Irã.

Ao chegar à França não sabia falar ou escrever em francês e dedicou-se a estudar. Aprendeu a língua através da leitura de romances e de pesquisas em dicionários. Na universidade, chegou a preparar uma tese de doutorado sobre "a criação literária na língua do outro", que acabou abandonando. Escreve diretamente em francês, esta língua que já aprendeu adulta. De certa forma, no exílio, a literatura tornou-se parte de sua casa, um lugar onde podia se expressar e se comunicar. O francês se tornou sua língua de trabalho e de expressão cultural. Foi para a universidade e cursou antropologia. A partir de então, dedicou-se ao sonho de tornar-se escritora. Sua luta foi longa e difícil, muitas vezes com empregos precários e mal remunerados que ela aceitava para seguir adiante na busca de seu objetivo maior: escrever.

Djavann, nos anos 2000 se consolidou como romancista e antropóloga. Publicou seu primeiro livro: 'Venho de outro lugar', em 2002. Escreveu também artigos para jornais, como *Le monde*, *Le Figaro*, *Le journal du Dimanche* e *Libération*; além de outros romances e alguns ensaios.

Sua obra é impregnada do universo feminino e podemos vê-lo em todos os seus livros, sempre denunciando a violência e os abusos contra mulheres. Chama a atenção para o sofrimento de meninas e mulheres que têm seus direitos sistematicamente cerceados pelas autoridades políticas e religiosas de seu país e que não têm o direito de se expressarem livremente.

Construindo uma trajetória bastante particular, Djavann faz de sua imigração do Irã para a França e do aprendizado da língua estrangeira, os pontos centrais de sua experiência narrativa. Utiliza a língua do outro para falar de um renascimento. De seu próprio renascimento. Ou seja, ao fazer ficção não escapa de si mesma e de sua realidade para sobreviver como escritora, embora tenha que fazê-lo em outra língua. Essa outra língua pode ter representado também uma libertação para tratar de dramas humanos vividos na língua materna: relação com uma mãe sempre ausente, com um pai impotente e fechado em si mesmo, subsistindo num meio difícil e autoritário ao extremo. E, como se todos esses obstáculos não fossem suficientes, vivia na mais profunda solidão.

Djavann dá voz a personagens verossímeis que não têm voz nem liberdade na sociedade em que vivem.

Este livro foi produzido no Laboratório Gráfico
Arte & Letra, com impressão em risografia e
encadernação manual.